EL CASTIGO POR LA ESPERANZA

ERIK HOFSTATTER

Traducido por
ELIZABETH GARAY

Copyright (C) 2021 Erik Hofstatter

Diseño y Copyright (C) 2023 by Next Chapter

Publicado en 2023 por Next Chapter

Diseñado de portada por CoverMint

Traducción del inglés por Elizabeth Garay

Este libro es una obra de ficción. Los nombres, personajes, lugares e incidentes son producto de la imaginación del autor o se utilizan de forma ficticia. Cualquier parecido con hechos, lugares o personas reales, vivas o muertas, es pura coincidencia.

Todos los derechos reservados. Ninguna parte de este libro puede ser reproducida o transmitida de ninguna forma o por ningún medio, electrónico o mecánico, incluyendo fotocopia, grabación o por cualquier sistema de almacenamiento y recuperación de información, sin el permiso del autor.

Nadar En Aguas Oscuras

TIM WAGGONER

"La realidad es, ya sabes, la punta del iceberg de la irracionalidad a la que hemos conseguido arrastrarnos durante unos jadeantes instantes, antes de volver a sumergirnos en el mar de lo irreal".

– Terence McKenna

EN MI CASO, CREO QUE MI IDILIO CON LO verdaderamente extraño comenzó la primera vez que vi *"Willy Wonka y la fábrica de chocolate"* (la película original, no la versión de Tim Burton). La vi en casa por televisión en los años 70, no mucho después de su estreno en los cines. Probablemente fue en algún día festivo, aunque no recuerdo cuál. En aquellos tiempos, anteriores al cable y al video, películas como *"Willy Wonka"* y *"El mago de Oz"* solo se emitían en días festivos. Estoy seguro de que me sentaba demasiado cerca del televisor, cosa que siempre lo hacía en aquella época, con las piernas cruzadas e inmóvil, sin apenas pestañear, hipnotizado por la historia que tenía delante. Empatizaba con Charlie Bucket, que deseaba un billete dorado más que nada en el mundo, y me fascinaba el extraño, enigmático y más que un poco aterrador Willy Wonka en persona. Pero lo que más recuerdo, y lo que más me impactó, es lo que a veces se llama "La escena del túnel del terror".

Wonka ha invitado a sus huéspedes, los niños y sus padres, a subir a un barco que él llama su Wonkatania. Van a viajar por su río de chocolate a otra parte de su maravillosa fábrica de dulces, pero para llegar allí tienen que atravesar un túnel. El viaje empieza con calma, pero una vez dentro del túnel, las cosas empiezan a ponerse raras, *realmente* raras. El barco empieza a viajar a velocidades de locura a través de un caleidoscópico paisaje de pesadilla de colores que cambian rápidamente e imágenes perturbadoras (incluyendo lo que parecen imágenes reales de un pollo al que le cortan la cabeza). Mientras la Wonkatania navega por este túnel de horrores, Wonka empieza a cantar una canción sin sentido, con el rostro inexpresivo y la voz de un loco sereno. Hacia el final de la canción, empieza a gritar la letra, sonando aterrorizado y a punto de perder los pocos restos de cordura que le quedan.

Y entonces, sin más, se acaba. Wonka y sus invitados han llegado a su destino, aunque el viaje les ha dejado emocionalmente conmocionados.

Esa escena me dejó alucinado. Yo ya era aficionado al terror y conocía bien los diversos elementos de las películas que me encantaban: monstruos, fantasmas, cementerios, lunas llenas, científicos locos, casas encantadas... La escena del túnel del terror no tenía ninguno de estos elementos, y sin embargo fue, con diferencia, lo más inquietante que había experimentado nunca. Durante varios minutos, mi cabeza se llenó de caos y locura, y me encantó cada segundo. Con el paso de los años, me fui inclinando cada vez más hacia el terror pesadillesco, surrealista y existencial, y finalmente ese fue el territorio en el que planté mi propia bandera como escritor.

Así que estoy seguro de que no sorprenderá que me *encante* "El castigo por esperanza", de Erik Hofstatter. Al igual que la

"Escena del Túnel del Terror de Willy Wonka", esta historia llega al núcleo de lo que constituye el mejor terror. En ambos subyace la sensación de que el universo no es ordenado ni benigno, sino caótico y malicioso: incognoscible, incontrolable, impredecible y, sobre todo, *peligroso*. En las típicas historias de terror, los personajes se ven amenazados por la violencia, las heridas y, en última instancia, la muerte. Pero las heridas mentales, emocionales y espirituales que sufren los personajes pueden ser mucho peores que el mero dolor físico. Eso es lo que hace tan eficaz la escena del túnel del terror, y es el ADN temático de "El castigo por la esperanza". Y las imágenes grotescas que se invocan en cada una de ellas son a la vez maravillosamente repulsivas y extrañamente bellas. Sin embargo, la historia de Erik no está pensada para niños, y aunque las aguas en las que nada su héroe son oscuras, *condenadamente* oscuras, seguro que no son de chocolate. "El castigo por la esperanza" es un sueño erótico y salpicado de una historia tan desorientadora para el lector como para el pobre bastardo atrapado entre sus páginas. Esta mierda es *lo mío*, y si estás leyendo estas palabras, supongo que lo tuyo también.

Así que, si estás preparado, o incluso si no lo estás, coge mi mano y deja que te ayude a subir a bordo. Tu capitán se llama Erik, y te va a llevar en un viaje que nunca olvidarás...

No importa cuánto lo intentes.

El infierno es los ojos de un amante perdido

Su rostro era un espejo roto de olas teñidas de óxido. Nim nadaba a través de sus ojos y su boca, respirando gotas furiosas. Ella le siseaba con cada caricia. El sabor cobrizo de la menstruación empapaba su lengua. Se detuvo y miró por encima de su hombro lleno de cicatrices, rebotando como una boya varada. Esta era su vida. Su penitencia. Nadar y cargar. Conocía la distancia de memoria. Una caja deslustrada flotaba en una red de marinero atada a su cintura. Ningún otro hombre de la isla podría sobrevivir a su ardiente furia. Le dolía el cuerpo. No de agotamiento, sino de deseo de tocarla. El mar olía a piel de himen recién desgarrada. Siguió adelante, con las palmas acuosas abofeteándole con recuerdos pervertidos.

Sirilo se paseaba por el extremo de la orilla mientras los lamentos de las hijas abandonadas cantaban en cavernas lejanas. Nimlesh cerró los ojos llenos de sangre.

Otra noche sin dormir.

La promesa de mañana le infundía esperanza. Volvería a vislumbrarla, aunque solo fuera por un momento. Tropezó y cruzó rocas dentadas decoradas con lenguas ennegrecidas. El gigante medio lagarto observaba, sus reducidos ojos calculaban la paciencia. Su piel cambiaba de tonalidades, del rojo al naranja y de nuevo al negro en el brillante fuego estelar que ardía tras él. Nimlesh desató la red y extrajo su contenido.

«Un día de estos me dirás lo que hay dentro».

Sirilo enseñó sus pequeños dientes y habló en un lenguaje humano.

«¿Acaso importa? Recoger estas latas es la única forma que tienes de verla».

Nimlesh se mordió el labio. Aún le sabía a tsunami menstrual.

«¿Y si quisiera hablar con ella?».

«Imposible. Ella tira, tú buscas. Siempre ha sido así».

Su corazón tamborileó a un ritmo acelerado en señal de protesta, pero Sirilo tenía razón.

Yo nado y recojo. Nada más. Pero tus ojos. Brillan como estrellas mojadas.

«Quédate detrás de la línea y concéntrate en tu tarea. Duerme un poco».

Nimlesh masticó palabras condimentadas con vejación y resentimiento. Cogió su red vacía y se dirigió a la tumba del marino desconocido donde ardía el fuego eterno. Las llamas narraban una historia si él escuchaba con suficiente atención. Pero no esta noche. La figura solitaria del barco en duelo consumía todos sus pensamientos.

Era bajita, pero feroz. El viento agitaba su pelo como velas rojas.

¿Y si la línea de albatros es su farol?

Lo único que ansiaba era poder hablar con ella. De recordarle lo que sentía.

Tal vez si gritara, los señores del viento entregarían mis palabras. Pero, ¿responderías?

Nimlesh pensaba en sus ojos, una prisión de color aguamarina para su corazón.

Tú eres mi condena y yo la tuya.

El agotador trabajo oceánico le tensaba los hombros y se agitaba en el interior de una estructura construida con huesos de ballena. Las hijas de madres promiscuas seguían cantando un coro agonizante en las cavernas de arriba. Sus voces no transportaban palabras, solo melodías, dirigidas por almas astilladas. Sus lágrimas se estrellaban y resonaban en el suelo frío como el cristal. El cielo era un hematoma moribundo. No había relojes, solo momentos que pasaban. Deseó que la mano del sueño le arrancara de estas aguas extrañas.

La meseta brillaba como escamas de carpas asesinadas. Las viejas colas de Sirilo formaban una torre de desayuno cerca del implacable mar. Nim asó y masticó una rebanada. El sabor era un amigo perdido. Se alimentaba para sobrevivir. La vida de marinero le marcaba un destino cruel.

Somos lo que somos.

La esperanza caminaba de su mano. Llevaba el rostro de la eternidad y aquietaba su mente. Una niebla de ojos huérfanos velados nublaba su visión. La carne carbonizada crujió y ennegreció sus dientes. La tentación le invitaba a lamer llamas.

Ese don pertenece a Sirilo.

Recuerdos de besos robados le cortaron como esquirlas de juicio. La tumba.

¿Las cenizas de quién…?

El barco doliente se burlaba del alma del horizonte. Una red marinera colgaba de un hueso saliente. Nimlesh se ató una cuerda deshilachada a la cintura, un ritual de costumbre. Se paró en el extremo de la orilla, con el agua abrasadora comiéndole los dedos de los pies, pero no sintió nada. Lágrimas negras pintaron sus mejillas cuando llovieron del cielo gónadas de violadores castrados. El mar esperaba. Sus dedos modificaban las olas y acariciaban su rostro lloroso.

Nim nadaba cada vez más cerca de su rehén de corazón a bordo de la fragata.

¿Quizá no me reconoces?

Sirilo era pastor de muchos.

El fracaso no es una opción. Debo cruzar la línea. Solo esta vez.

Echaba de menos la voz de champán que fluía de su boca, donde una lengua colosal se escondía tras muros de dientes lustrosos, a veces asomando suavemente al hablar. Palabras emborronadas con un dulce ceceo.

Dios mío. Me duele por ti.

El marino retrocedió una milla náutica. Una nube en forma de tampón le siguió, empapando su mente de recuerdos carmesíes. Recordó cuando su lengua nadaba dentro de sus ciclos menstruales.

La frontera de los albatros, está cerca.

Más pensamientos de ella se precipitaron. Cómo su rostro escapaba de las palabras burlonas hacia el pequeño mundo oscuro de sus palmas infantiles. Cómo cambiaba su respiración cuando él la tocaba en silencio.

El amor nos ata a simples gestos.

Algo rozó su mano. Nimlesh pisó el agua, los pies hastiados pero los ojos alerta. Una línea blanca de cuellos de albatros trenzados brillaba allá. Lanzó jirones de cuerda desde el alcázar. En el corazón del nudo había una caja antigua.

«¡Esiteri! Háblame. Por favor».

La muchacha de pelo rojizo levantó su rostro de duende. Era un pálido fantasma ahogado en olas tiránicas.

¿Estás llorando?

«¡Por favor! ¡Esiteri! ¡Soy yo! ¡Di algo!».

Silencio: el arma más cruel de su arsenal.

Señaló el contenedor. Un anillo con colores del pasado decoraba su dedo. Durante noches interminables ansiaba sentir su piel suave como la porcelana. Oír aquellos labios sensuales pronunciar su nombre.

A la mierda la caja y a la mierda Sirilo.

Un profundo suspiro entró en sus pulmones y desapareció bajo el agua. El dolor encendió sus ojos cuando resurgió al otro lado.

«¡No tengas miedo! ¡Solo quiero hablar contigo!», gritó desde abajo.

Unos dientes de fuego le roían las piernas. Nimlesh jadeó y se acercó. Las garras del infierno arañaban su torso. Reinaba el pandemonio. Se bañaba en gritos y llamas, gesticulando locamente hacia la frontera. Compartían frecuencias cerebrales. Giró y se arrastró tras la línea. Esiteri era una visión renovada del desafío: etérea y orgullosa. Nimlesh parpadeó en rápida sucesión.

Cuanto más me acerco, más rápido ardes.

Volvió a sumergirse para probar su teoría. Un sol lloroso derritió su rostro cuando él pasó. Nim retrocedió. La prisa y la desesperación impulsaron sus miembros. Liberó la caja y desató la red. El contenedor flotaba como un cadáver de acero. Una mirada de despedida a la belleza restaurada. Piel pecosa y ojos hipnóticos: una laguna de inteligencia azul. Hombros delicados, caderas por excelencia. Una obra de arte para admirar desde lejos. El barco lloraba grandes lágrimas del tamaño de puños humanos. Olían a pena recién nacida. Esiteri asintió y su corazón se hundió. Nadó lentamente de vuelta al altiplano, esperando ahogarse.

Nim se enfurruñó y escuchó fuera de la tumba de fuego sin marcar. Aún gritaba en el eco de las llamas. Las serpientes siseaban dentro de su estómago. La isla no recordaba nada. Él era un escupitajo en un océano oscuro.

Hay más en la vida.

La verdad se le escapaba. La locura comenzaba en el agua. Siempre en el agua.

Ahí es donde nací.

Una tormenta se desató en sus ojos.

Mi mundo es daltónico sin ti.

Las semillas del cambio florecieron en su alma.

Tiene que haber otra manera.

Giró la cabeza cuando un chillido frustrado rompió sus pensamientos. Una mujer quebradiza se arrodilló en un pequeño reino de huesos derrumbados. Apestaba a desesperación y sus uñas lamían el polvo del suelo.

«Es un destino terrible».

La lengua de Sirilo besaba llamas. Se alimentaba del fuego igual que su marino se alimentaba del amor imaginado.

«¿Qué es?».

«Su tarea».

El medio lagarto se unió a su lado. Respiró a través de su piel, los ojos brillando como brasas que caen.

Sirilo conoce la mecánica interna de esta isla. Porque las cosas son como son.

«¿Qué hace con esos huesos?», dijo.

«Son los huesos de su marido».

Nim lo miró. «¿Qué quisiste decir con tarea?».

«No te preocupes. Piensa en lo tuyo, amigo mío. El barco espera».

Las ráfagas de viento le agitaban el pelo. Los reyes rata parloteaban en el horizonte. El mar magnético lo acercaba.

«Se acerca una tormenta. No quiero que me atrape y me muerda».

Sirilo siguió su mirada. «Ella es tu mayor amor. Si quieres verla, hay que soportar el dolor».

La agonía taladró las paredes de su corazón.

Su toque ausente en mi piel, mi mayor dolor.

«Debo hablar con ella. Dime qué debo hacer», dijo.

Una cola parcialmente regenerada golpeó el hombro de Nim.

«La comunicación está prohibida. Lo único que puedes hacer es emborracharte con su belleza. Esas son las reglas».

«¿Por qué?».

«Porque la verdad mata la esperanza. No estás preparado. Nadas en los ojos del océano de su gran ilusión. El amor que crees sentir irradiando de su alma no es real. Sus palabras te marcarán, amigo mío».

Nimlesh se apoyó en una pequeña roca decorada con cabelleras de niños cancerosos.

Al diablo con los acertijos. Las yemas de mis dedos leen historias, escritas en tu piel como braille. Tú me amas.

Sirilo estudió su rostro, absorbiendo pensamientos en silencio.

«Su apetito de contradicción es insaciable. La lengua reclama odio, los ojos reclaman amor».

«¿Qué quieres decir?», dijo Nim.

«Tu devoción está fuera de lugar. Te arruinará».

Su cráneo era un campo oscuro sembrado de dudas. La mirada de Nim se desvió hacia la fragata y su carga pelirroja.

«¿Cuestionas mi devoción?».

«Cuestiono la suya. No eres el primer tonto que atrapa en su red con una sonrisa barata. Esa energía magnética. Los gestos vivaces. Ella es una droga que te hace sentir vivo, lo sé. Pero no significas nada para ella. Cuidado con el camaleón que se alimenta de la atención. Ella siempre tiene hambre. Y no le importa quién la alimente».

Nim hundió los dientes en su puño. «¿Y qué te hace tan experto en asuntos del corazón?».

«Este pantano es mi dominio. Soy tu pastor: suéltalo o ella acabará contigo».

El marinero cogió una red de pescar y se metió hasta las rodillas en el rugiente mar. Luego viró.

«No voy a dejar que se vaya. ¿Me oyes?».

El viento aullaba y luchaba como hombres violados. Los reyes rata susurraban veneno en sus oídos.

¿Qué precio le pondrías a mi corazón?

Oleadas de fantasmas masacrados sostenían espejos mientras se arrastraba. El rostro de Esiteri.

¿Me valoras por encima de los demás?

El mar era un amante furioso que teñía de negro su razón.

Tal vez sea un tonto.

Nim nadaba cada vez más rápido mientras las garras del agua tiraban de él hacia abajo. La frontera de los albatros, mártires ahogados. Era un pasajero roto sobre hombros de olas viejas. Esiteri le miraba desde su prisión de madera.

Mostró una mueca hueca, con los labios pintados de sombras lamentadas. En sus dedos de sílfide aferraba un cuadrado ensangrentado. Piel de muslo, el último regalo de una amante.

Nimlesh bebió las formas de sus curvas.

¿Recuerdas mi lengua dentro de ti, tu cuerpo cantando en fluidos?

Ojos cosidos de dolor le observaban. Una medusa desconcertante se alimentaba en la superficie.

«¿Estás bien? Háblame», le dijo.

Odium se alimentaba del trozo de piel mientras escribía. Nim esperaba respuestas muertas resucitadas por su mano. Entonces su cuerpo gritó de agonía.

«¿Qué estás haciendo? Detente».

El agua reflejaba desprecio. Esiteri esculpió más palabras. Era una mancha roja en un círculo de lágrimas de pez.

«No más, por favor».

Ella asintió y arrojó una caja por la borda: otra espina silenciosa en su corazón.

Abrázame...

Una red atrapó su vacío oculto.

¿Es eso lo que eres?

En las profundidades de su alma encontró intimidad ciega. Palabras enredadas y tiempo moribundo. Ella flotaba dentro de sus venas.

Juntos nos desmoronamos como el polvo de Júpiter.

Nimlesh leyó letras carmesí ganadas con dolor. Manos de fuego frotaban su espalda. ERES HORRIBLE. ERES TÓXICO. TE ODIO. Tres líneas estampadas en tres costillas.

«Te lo advertí...».

La tumba enardecida albergaba su sombra. Sirilo hacía malabares con huesos de ballena. Una sonrisa tímida dominaba su rostro.

«...que sus palabras te marcarían».

Nim se vistió de desafío y fulminó con la mirada al pastor.

«No sabes nada de lo que pasó».

«No me hace falta. Puedo leer por mí mismo lo que ella piensa de ti».

Sus ojos expulsaron lágrimas recién nacidas.

«No entiendes las reglas de su juego. Quiere que esté inseguro. Para mantenerme desequilibrado. Le gusta pensar que nadie atraviesa sus capas, pero yo lo hice».

«Tonterías. Eres horrible y tóxico. Ella te odia», dijo Sirilo.

Sus palabras brotaron de su lengua como veneno. Buscó la claridad en una nube de oscuridad desconocida.

«Esiteri es un diseño complejo y obstinado, pero sé que me quiere».

Sirilo le rodeó. «Y yo sé que no hay amor en ese corazón vacío. Tu debilidad la divierte».

Más allá del puente de espinas rotas, la mujer constructora de huesos seguía arrodillada en su melancolía.

«Nuestras almas están cosidas. Su disposición alimenta mi esperanza».

«¿Disposición para qué?», dijo Sirilo.

Nim miró hacia el puente. «Para intercambiar palabras».

Una orquesta de medusas cantaba en algún lugar del agua.

Un lamento por los amantes perdidos.

El polvo rojo le asfixiaba los pies mientras avanzaba hacia una caverna luminosa. Seguía arrodillada en un laberinto de huesos: su hogar.

«¿Qué estás haciendo?», dijo Nim.

La mujer levantó los ojos que atravesaban las almas con aguda inteligencia.

«Estoy construyendo una nave».

La curiosidad le empujó a acercarse. Se asomó por encima de su cuerpo pigmeo. Olía a flores blancas, vainilla y lágrimas ocultas.

«¿Por qué construyes una nave con huesos?».

«Porque ahí es donde está».

La sospecha entrecerró sus ojos. Tenía una nariz delicada y sus labios recordaban nubes violetas.

«¿Cómo te llamas?».

«Kalara. Soy la guardiana de la frontera de los albatros».

El corazón de Nim se arrugó.

No puedo pasar por tu culpa.

La malicia entró en su voz.

«¿Por qué están carbonizados los huesos?».

Su rostro era un velo de húmeda tristeza.

«Cuando cruzas la línea, prendo fuego a sus huesos».

«¿Por qué?».

«Cuando arden, ella arde».

Le temblaron los puños.

«Sí, pero dime ¿por qué?».

«Ella nos destruyó, así que yo la destruyo a ella».

Ni siquiera te conozco. ¿Por qué eres así?

«No lo entiendo, Kalara. ¿Qué quieres decir con que ella *nos* destruyó?».

Una visión de uñas indómitas fomentada por días descuidados.

¿Cuánto tiempo has sido un guardián?

El viento rugió en su cara como un león despierto.

«Ella es tan cruel. Su lengua siempre tan viciosa. Pero tú saboreas el dolor. Atracción y destrucción».

«Estoy confundido...», dijo.

Kalara era una caligrafía de pena pecosa colgada en un astillero de huesos.

«Ella es una serpiente que muerde con consternación, pero pequeñas dosis de su veneno te atraen. Así es como controla tus emociones. *Debes* rodearte de gente que tenga el mismo corazón que tú».

«No entiendo...».

«Anhelas la validación de una trituradora emocional», dijo Kalara.

La tierra roja bajo sus pies no estaba de acuerdo.

«¿Qué está pasando?».

«El pez gigante se está agitando y causando temblores».

Se tomaron de las manos con fuerte terror.

«¿Agitándose dónde?».

«En el fondo del océano vacío».

El temblor cesó cuando pensó en su melodía.

Si te pierdes en mí, sigue las estrellas hasta mi corazón.

«Sirilo te regaló flechas verbales, pero ambas fallaron».

Kalara le señaló las costillas. «La verdad está escrita en tu piel».

Se dirigió a la meseta, con la melancolía hundiendo sus hombros.

Encerraste tu corazón en una jaula, demasiado asustado para soltarlo.

«Y la llave está fuera de tu alcance».

Nimlesh viró y su pastor le indicó las cavernas nebulosas.

«Las mujeres que se lamentan y su implacable sufrimiento».

«¿No tienes curiosidad por saber por qué sufren?», dijo Sirilo.

Sus gritos rodaban como pedruscos de desesperación. Nim se tapó los oídos.

Demasiadas lágrimas. Demasiadas penas.

«Dime».

Su boca se torció en un ángulo travieso. «Ven, te lo enseñaré».

El suelo estaba lleno de uñas de simio, su palma rozaba una pared manchada de rojo.

Su color.

Un recuerdo fragmentado le golpeó. Sus dedos rastrillaban el pelo en un jardín pelirrojo mientras ella se posaba en su pecho. Su confianza, absoluta. El momento que quería revivir una y otra vez.

Echo de menos tu olor, jabón barato y besos sucios.

Sirilo señaló una trinidad de botellas transparentes y a las mujeres llorosas que habitaban en su interior. El pavor acorchó sus órganos. Estaban encadenadas en tormento. Jadeó cuando sus palmas se volcaron.

Ojos aguamarina... cosidos en ellas.

«¿Qué demonios?».

El medio lagarto diseccionó su reacción.

«El infierno son los ojos de un amante perdido, que siempre te devuelven la mirada».

Nim olvido como parpadear. «¿Cuál es el propósito de estas mujeres?».

«Sus cantos sirven de recordatorio», dijo Sirilo a sus sirenas cautivas.

«¿Recordatorios de qué?».

«Cómo suenan realmente los corazones rotos».

«Pero ¿por qué los ojos de sus amantes?», dijo Nim.

Sirilo encogió sus hombros reptilianos.

«Los traidores. Cayeron por su ventana y ella los desmanteló».

Nim se sintió mareado, como si le estuvieran aplastando el corazón con manos toscas.

«¿Su ventana?».

«Dicen que los ojos son ventanas de nuestra alma, ¿no?», dijo Sirilo.

Él asintió, masticando las inminentes advertencias.

«Deja su ventana cerrada».

Se asó en el vientre de las llamas, sin voz y hermosa, incluso en su sufrimiento.

Quiero sentir el calor de tu piel, calentar mis manos en tu energía.

Los traidores lloraban en cavernas vidriosas, pero los pensamientos paradisíacos lo empapaban como lluvia de pétalos. Los ojos de Nim cobraron vida con una súbita comprensión: un mordisco de claridad. El puente de las espinas rotas. El dominio de Kalara.

Si evito que queme tus huesos...

Un trueno de esperanza golpeó su corazón. Esiteri era una brújula rota que apuntaba a contradicciones engañosas. Un enigma de letras perdidas.

Prometo descifrar el alfabeto ciego que vive en tus ojos.

Ecos de embriones abortados se derramaban desde el mar oscuro de tinta. Caminaba deprisa, eludiendo las súplicas. Las sombras viajaban a su espalda y la ceniza pintaba sus pies de gris fósil. Nim vaciló en el puente. Dormía entre huesos desnudos, con el rostro frío como un lago de porcelana. Enredó los dedos en una piedra dentada.

«¿Has venido a asesinarme?», dijo Kalara.

Nim relajó su agarre. «Necesito tu ayuda».

«Sé lo que me pedirás, pero primero debemos unirnos».

Se acercó caminando, con pasos ágiles y elegantes. Kalara se hizo un agujero en las mallas. Un corto cordón blanco colgaba entre sus muslos.

«¿Qué haces?».

El guardián sacó un tampón, manchando su rostro de curiosa lujuria. Ella deslizó un dedo en su interior.

«Pruébame».

Nim obedeció, chupando sangre de la punta de su dedo. Luego bebió más de la fuente roja que era su prolijo coño. Sabía a cielo sangrante.

«Justo ahí. Lámeme hasta que quede limpia».

Kalara gimió, pero de repente lo apartó.

«¿No te he complacido?», dijo.

«El placer no es el objetivo».

«¿Y cuál es?».

«El vínculo irrompible que acabamos de crear. Bésame».

Cuando ella cerró los ojos, él le besó la cabeza con un puñado de piedra.

«Puta floja».

Con el agua negra hasta las rodillas, se quedó pensativo. El barco afligido se burlaba de él desde un horizonte cada vez más oscuro. El rostro de Nim albergaba un carnaval de triunfo.

Tus brazos, mi refugio.

Sirilo juzgaba sus actos desde la tumba sombría del marino desconocido. Su lengua consumía llamas, sus ojos bebían locura. Nim se sumergió bajo las olas y resurgió montado en un gigantesco tampón empapado de sangre. Remó con frenética velocidad, los brazos repostados de deseo sin plomo.

El guardián de cuellos de albatros trenzados era una amenaza inconsciente. Un oleaje furioso lo acercó. El rojo era el color de su destino. Sonrió satisfecho.

Voy por ti.

Algo se arrimó a su pie. Arremetió y arremetió. El pelo mojado le oscurecía la visión. Una medusa flotaba en la superficie. Guiñó un ojo robado y volvió a desaparecer.

Cuando reanudó la remada, un poderoso tentáculo lo arrastró hacia abajo por el tobillo. Nimlesh exhaló una corona burbujeante. Se hundió más y más como un ancla de carne. Lo introdujo en un reino cavernoso. Nim se desperezó y tosió sobre una plataforma embadurnada con mil prepucios. El cuerpo en forma de platillo de la medusa se transformó en una figura humanoide.

«¿Qué eres…?», dijo.

«Torika».

Aquella voz… femenina.

Torika saltó sobre unos pequeños pies tentaculares, riéndose. Permaneció alerta y escudriñó su nuevo mundo. Un extraño fluido luminoso goteaba de las heridas del gigante de piedra, envolviendo la cueva en luz púrpura.

«¿Dónde estamos?».

Gotas de lágrimas se posaron en la capa de su cuello. Un escuadrón de cangrejos marchó en formación de corazón a su alrededor. Nim se encogió y se abrazó las rodillas.

Un reino submarino gobernado por una reina medusa y su ejército de cangrejos.

Sus ojos se abrieron de par en par cuando el mar se volvió púrpura.

«¿Qué quieres?».

Torika silbó y sus esclavos retrocedieron. Le señaló el pecho.

«¿Quieres mi corazón?», dijo.

«No, tonto. Quiero tus ropas. Están empapadas. Quítatelas».

Más risitas tontas. Se sintió avergonzado. Expuesto.

«Puedes secarlas aquí, mira», dijo Torika.

Señaló un trozo de piedra plana. Nim se despojó de la tela mojada como si fuera piel vieja y saltó de la plataforma. La piedra siseó una advertencia en una lengua muerta.

«No tengas miedo. Le gustas».

La mirada de Nimlesh se dirigió a ella y luego volvió a la piedra que respiraba.

«¿Qué es este lugar? ¿Por qué estoy aquí?».

Ella leyó las cicatrices de sus costillas. Su cuerpo transparente era un recipiente para los globos oculares humanos. Fluían dentro de ella.

¿Quiénes son?

Las sirenas de cristal y su castigo. ¿Estaban conectados?

El infierno son los ojos de un amante perdido, siempre mirando hacia atrás.

«Te traje aquí porque necesitas mi ayuda».

«¿Ayuda con qué?», dijo.

«Esiteri, tu amante perdido».

Su nombre sonaba sucio cuando lo decía, como arrastrado por el barro.

«¿Por qué iba a necesitar tu ayuda?».

Torika volvió a reírse. «¿No sabes leer? Te odia».

«La ira no es más que su escudo. ¿Por qué te importa lo que piense de mí?», dijo, con los dientes apretados.

La piedra se opuso a su tono, siseando una advertencia más fuerte. Una legión de cangrejos se reunió detrás de ella.

«Baja la voz. Creo que no lo entiendes. Esiteri es un mapa a medio dibujar. Ella te pondrá en el camino, pero si quieres encontrar su corazón, necesitarás que yo te guíe hasta él».

«Sé quién es y lo que quiere».

«Se acostó contigo, sí, pero nunca fue tuya. ¿Lo fue?»

Torika regurgitó tres globos oculares y se los dio de comer a sus esclavos. Nim desvió la mirada.

«¿Es el asco lo que te hace apartar la mirada, o la verdad?», dijo.

Un cangrejo hinchado dormía bajo sus tentáculos.

«Una vez iluminé su mundo, pero ahora soy un fuego artificial moribundo. Eso es todo lo que siempre fui».

«Sé que tu sed por su néctar es insaciable».

No dijo nada.

«La fruta prohibida sabe más dulce. Si la hubieras tirado después de un mordisco, pero ansiabas más».

«Quería devorarla. Una y otra vez».

Un apasionado flashback eclipsó su corazón. Manos duras hundiéndose en su culo blanco como la azucena. Ojos atrevidos y susurros urgentes. *Fóllame, papá.* Su pulgar explorando la suave joya rosada mientras la embestía por detrás. Y esos labios generosos manchados con el color de sus hijos no nacidos.

«Pobre Kalara».

Ese nombre rompió su ensueño. «¿Kalara? ¿La guardiana?».

«Ella es su esposa», dijo Torika, riéndose.

Los cangrejos se recolocaron formando una letra K.

«No tengo esposa».

«Sí la tienes. Está ahí fuera sola, construyendo un barco con huesos. Los huesos de su marido, tus huesos».

Las manos de la incredulidad giraron su cabeza de lado a lado.

«No te creo. Esos huesos pertenecen a Esiteri. Los quema por celos. Para detenerme».

Torika giró como una bailarina borracha, desatando burlonas oleadas de risa.

«¿Y por qué crees que está celosa, tonto? Escúchate».

Se apretó las sienes, con los ojos clavados en el agua.

«Devuélveme a la superficie. No quiero oír más mentiras tuyas».

«Como quieras. Pero recuerda esto: ella te llevó al interior de su vagina, pero solo yo puedo llevarte al interior de su corazón».

Torika retomó su verdadera forma de medusa y enroscó un tentáculo alrededor de su muñeca.

El borde del albatros brilló tras él cuando se abrió paso. Una escalera de cuerda colgaba del costado de la fragata. Las olas saladas zumbaban advertencias crípticas. Nim se acercó nadando. Se agarró a los peldaños y subió a bordo. Le recibió un casco desierto. No había tripulación, sólo un silencio incómodo. Los suelos resecos le chupaban las gotas de los dedos de los pies. Se escabulló por la cubierta y allí se quedó ella. Una melodía inquietante de notas pálidas.

«¿Esiteri?».

Ella se desvió. Su pelo ondeaba salvaje como un ciclón rojo.

«No deberías estar aquí».

«Sólo quiero hablar contigo», dijo Nim, con las palmas de las manos hacia ella, invitando al abrazo.

El cielo cambió de color como los reptiles del viejo mundo. Un cadáver de ballena a medio comer golpeaba contra la parte inferior. El semblante de Esiteri era una lápida de piedra tallada con símbolos de origen desconocido. Tragó saliva, con los ojos luchando por leer el rostro que tan bien conocía.

«No hay nada de lo que quiera hablar».

Ella perfeccionó sus pequeñas torturas y se puso su máscara favorita de fría indiferencia.

«Por favor... ya hemos hecho este baile antes», dijo.

«Te agradezco que lo intentes, pero no eres adecuado para mí».

Nimlesh masticó sus palabras, con la cabeza gacha.

«¿Cómo puedes decirme eso ahora? Después de todo. Te amo».

«Después de todo», se burló ella, «nos acostamos tres, cuatro veces. Solo te conocí un año».

Con la boca abierta, se le doblaron las rodillas. Aquellas astillas verbales lo desangraban lentamente.

«¿Me estás diciendo que yo era tu juguete sexual experimental? Qué cruel».

«A veces hay que ser cruel para ser amable».

La frase de Sirilo rebotó entre las paredes de su cerebro.

Es un camaleón inteligente.

Nim especuló si ahora estaba camuflando sus verdaderos sentimientos, o si mostraba matices específicos de sí misma que sabía que a él le gustarían, sólo para seducirlo.

«Ese campo magnético en tus ojos me hizo pegarme a ti como el cobalto. Mi corazón cayó en ti. Luego cambiaste. Ahora tus ojos me recuerdan a una caballa muerta. ¿Por qué?».

Esiteri frunció el ceño. «Me gustabas. Pensé que eras un pasto más verde, pero no me hiciste feliz».

La frustración esculpió su rostro en una fea mueca. «Hay que tomar lo bueno de lo malo, cariño».

«¿Pero y si lo malo supera a lo bueno?», espetó.

Nim se lamió los labios salados. Era inmune a la razón cuando la ira obstinada ardía en sus venas.

«No voy a dejarte ir».

«Siempre ciega a todos tus males. ¿No ves que necesito a alguien que me halague?».

Nim enseñó las costillas. «Lee mis cicatrices. No te ganas cumplidos con palabras viciosas».

«Siempre haciéndote la víctima. Me repugnas».

«Escúchate. Prueba el veneno antes de escupírmelo».

«Te *odio* a ti y a tu toxicidad, ese es el problema», espetó ella.

Furiosos átomos chocaron dentro de su cuerpo. Cadenas de oro decoraban su garganta menuda y él imaginó unas manos toscas alrededor de su cuello: una cadena mortal de dedos humanos para su colección.

«Deja de ser tan volátil. No puedo dejarte fuera de mi corazón».

«Soy mucho más feliz cuando no hablamos».

Nim se froto la frente, apartando la desesperación.

«Somos fuego salvaje juntos. Sigamos adelante, ¿de acuerdo?», dijo Esiteri, con los ojos más duros que el mármol. Entonces ella lo empujó por la borda y él se hundió de nuevo en el agua y aún más profundamente en las ruinas de su corazón.

Sirilo se acurrucó sobre la tumba ardiente, sus rápidos lengüetazos juntando llamas. Nimlesh envidiaba su despreocupación y su existencia sin amor.

Nado y recojo. Nada más.

Se golpeó las sienes en una silla tallada en huesos de ballena.

«No puedes reavivar esa llama, amigo mío. Al menos no en tu forma actual».

«¿Qué quieres decir?», dijo Nim, con los ojos muy abiertos, alerta y rebosantes de perplejidad.

El semilagarto cambió de posición en la boca del infierno.

«Tú representas una identidad que la atrajo temporalmente, pero ella pertenece a una familia de la que tú nunca formarás parte. Ella siempre les será leal».

«¿Familia? ¿De qué estás hablando?».

«Lleva un año jugándote como un yo-yo. Corta la cuerda, amigo mío». dijo Sirilo.

Nim se paseaba en círculos interminables alrededor de la tumba.

«No tengo fuerza para resistirme a esos imanes azules redondos. Me atraen».

«Déjala ir».

«No. Nuestro amor es superior a la razón. Más alto que la sabiduría. Más alto que Dios».

El pastor orinó sobre la sombra de Nim de un banquete de brasas.

«Pensamiento delirante. La mujer te *odia*. Céntrate en tu esposa».

La segunda mención de "esposa" descarriló su tren de pensamiento. «Nunca me casé con nadie».

«Te casaste con Kalara».

Se desvió y se enfrentó al reptil humanoide.

«¿Por qué estás disparando con Torika? ¿Qué te dijo?».

«No conozco ese nombre». Dijo Sirilo.

Nim clavó el dedo en la piel húmeda del hombro.

«Tu sabes quien es ella. La medusa híbrida infantil que vive bajo la frontera de los albatros».

El hocico del semilagarto se ensanchó.

«La Madre de los Cangrejos habita ahí abajo. Ese es su dominio. Esta criatura... ¿qué quería?».

«Nada. Me obligó a mentir».

«Esas aguas son profundas, amigo mío. Olvida la nave negra. Kalara se aflige por ti».

Nim royó su nudillo derecho, reprimiendo la rabia.

«Kalara no significa nada para mí».

«Debería. Ella es tu esp...», un puño chocó con los dientes. Nimlesh corrió hacia el mar.

«¿Adónde vas?».

«Ya sabes a dónde. Si no puedes ayudarme a ganar su corazón, entonces tal vez ella lo haga».

«No lo hagas, todo cambiará», gritó, pero sus palabras cayeron en oídos sordos.

———

El cielo lloraba uvas podridas. Sus brazos pinchaban peines como lanzas carnosas. Un carrete de pensamientos a medio cortar le agobiaba en un mar mántrico. Le susurraba.

Kalara no es tu esposa. Kalara no es tu esposa. Kalara no es tu esposa.

En algún lugar sobre la cresta de las olas, un camaleón vestido con pestañas dio a luz a una estrella roja.

«¡To-ri-ka! To-ri-ka!», gritó, llevándose las manos a los lados de la boca.

Un tentáculo llamó su atención, luego su pie. Nim saboreó los últimos suspiros y pensó en las lunas moribundas de un reino insomne. Tiró con fuerza. En las llanuras submarinas, en un círculo de cangrejos esclavizados, meditaba una niña manca con rizos negros flotantes. Cerró los ojos mientras la campana pulsante se aceleraba.

«Respira».

La cueva sudaba bruma púrpura por sus paredes.

«¿Eres la Madre de los Cangrejos?», dijo, tragando aire viciado.

«¿Dónde has oído ese nombre?».

«Este es su dominio, según Sirilo. ¿Quién es ella?».

«Es mi hermana. ¿No te habló también de Enola y Aleš?».

«No. ¿Quiénes son?».

«Esa es una historia para otro momento. ¿Por qué me buscaste en el mar?».

Nim se encaramó a una roca en forma de pinza. El sarpullido que se formaba en su tobillo parecía idéntico al emblemático anillo de Esiteri.

«Tenía que encontrarte; debes ayudarme».

Torika soltó una risita. «Ella te rechazó. ¿Sabes por qué?».

«¿Porque pertenece a una familia de la que yo nunca formaré parte?». Dijo Nim, repitiendo palabras prestadas.

«¿Y sabes *por qué* nunca formarás parte de esa familia?».

Nim se rascó el tobillo. «No tiene familia. Vive y sufre sola en esa embarcación».

«No, hay otros dos. Puedes unirte a ellos, pero no en el cuerpo que ocupas actualmente».

«¿Qué quieres decir?».

«Tus órganos están mal». dijo Torika, dibujando ondas como de corazón con sus delgados brazos.

Se burló, dándose palmaditas en el pecho y el abdomen. «Están donde deberían estar. No lo entiendo».

«La acidez de estas aguas puede ayudarte a trascender. A convertirte en más de lo que eres ahora».

«Sé quién soy. ¿Por qué querría ser más?».

Torika liberó su resplandor interno. La bioluminiscencia roció su rostro con luz persuasiva.

«Mírame. No tengo cerebro ni corazón. Estos ojos son robados. No te centres en la percepción de ti mismo, sino en la de los demás. Lo que importa es cómo te ve Esiteri. Por eso estás aquí».

Nimlesh frunció los labios, desviando la desesperación.

«¿Me estás diciendo que debo convertirme en otra persona para que ella me quiera?».

«Sé que eres testarudo y que prefieres que te odien por lo que eres, a que te amen por lo que no eres, pero créeme: ésta es la única forma de llegar a su corazón».

«¿Qué debo hacer?», dijo él, saltando al agua junto a ella.

Un pequeño cangrejo zoea dormía sobre su esbelto miembro.

«Inclínate hacia atrás y abre la boca».

«¿Quieres que me coma eso?».

«Solo si deseas estar con ella. La elección es tuya».

Durmió en un lecho marino durante lo que parecieron días, soñando con paisajes pintados por tenazas rojas. Un pelotón de crustáceos se adaptaban a su carne. Nimlesh gritó en una octava más alta. Rompió aguas y se desparramó sobre una roca. El color de su piel cambió.

«¿Qué me has hecho?».

La voz no era la suya. Lloriqueó y gimió, características no reconocidas. Nim martilló puños encogidos contra la piedra, criando emociones seis tonos de vulnerable.

«¿Qué está pasando?».

Torika se acercó siguiendo una estela de anillos de vórtice.

«La metamorfosis que pediste».

Nim sufrió un espasmo y se tocó la ingle.

«Me duele...».

Ella le picó y le paralizó con una danza de tentáculos furiosos.

«¿Qué estás haciendo?».

«Tranquilo. Ahora eres Nina. Te estoy cableando de nuevo desactivando los genes que mantenían tus testículos. Estoy creando una vía genética completamente nueva. Esta reacción en cadena activará el estrógeno en tu cuerpo para que se formen tus nuevos ovarios».

«Nooo... ¿Q-Quién eres tú?», dijo Nina apretando los dientes, con los pómulos reconstruyéndose lentamente.

«Piensa en mí como un ingeniero de órganos. Estoy reprogramando tu memoria celular hacia un destino femenino».

«¿Pero por qué?».

«Esiteri siente pena por una compañera muerta hace tiempo. Una compañera femenina».

Nina miró dentro de un espejo de agua. Un reflejo preñado de nuevas posibilidades.

«Ahora tú representas todo lo que ella ha perdido, pero no debes revelar tu verdadero yo».

«¿Quieres que viva una mentira?», dijo Nina.

«Quiero que aprendas sus constelaciones».

―――

Nadó dentro de la boca de una tormenta. Ahí es donde Torika la abandonó. El mar bramaba con olas frenéticas, azotándola con promesas de ahogamiento.

Soy un extraño a los ojos de Kalara. Ella me permitirá cruzar.

Los señores del viento le escupieron en la cara, pero su aliento la acercó a la fragata afligida. Nina se atragantó con el agua impía y esperó una rápida liberación.

«Coge la cuerda».

Nina parpadeó para alejar la lluvia y la desesperación. Una gruesa bobina marrón flotaba a su alcance. Se agarró con ambas manos.

«Agárrate». gritó Esiteri.

Nina enganchó los dedos alrededor de la escalera y trepó. Se sentía pequeña y débil en su nuevo y extraño cuerpo. La chica de pelo rojizo se inclinó hacia ella.

«Cógeme la mano, rápido».

Cuando se tocaron, la lluvia se convirtió en ascuas explosivas.

«¿Qué haces en el mar? ¿Dónde está Nim?».

La cara de Nina era un laberinto de pelo mojado, las verdaderas respuestas se perdían en algún lugar del medio.

«Yo... él ha sido reemplazado. Soy la nueva recolectora de cajas».

«Tu voz... mírame», dijo Esiteri, agachándose entre sus piernas. Le levantó la barbilla con un dedo.

«No puede ser. ¿Nina?».

La esperanza en su tono golpeó a Nina en el corazón.

No conozco a tu Nina. Qué le gustaba o quién era. Qué la hacía sonreír o qué la hacía llorar.

«Soy yo».

«Imposible... estás muerta».

«Ahora estoy aquí, contigo. Eso es todo lo que importa», dijo Nina, abofeteándola.

Esiteri sonrió. El gesto cariñoso transformó su rostro en un extraño atardecer.

«Los dioses escucharon mis plegarias. Creí que no volvería a verte».

Se besaron en una lluvia de brasas flotantes, balas de pasión alojadas en lo más profundo de sus corazones. Los cuerpos ansiaban manos familiares. Los labios de Nina rozaron el pálido lienzo del estómago de Esiteri. Se bajó los leotardos, sonriendo ante las sencillas bragas negras que le parecían demasiado pequeñas. Estaban empapadas de deseo.

«Ay, Nina», gimió, cuando su amante enterró la nariz en una roja hierba marina de dulces ondas de pelo que se aplastaban contra su diligente lengua. Nina deslizó un dedo dentro de ella, sólo uno, recordando lo pequeña y apretada que era. Un calor intenso irradiaba de su entrepierna. O eso creía ella.

Nina se detuvo y se apartó.

«¿Qué pasa?».

«Algo está pasando. ¿Sientes el calor?».

«Claro que puedo...», dijo Esiteri, riendo con ojos como espejos de seducción.

De sus ropajes salía humo. «Las brasas... ¿cómo sabía que era yo?».

«¿De qué estás hablando?».

La frase murió en su garganta cuando Nina gritó. Un huracán de llamas derritió su piel. La nave entonó un dúo de gemidos. Esiteri luchó contra la conmoción y el pánico, pero permaneció pegada al suelo. Nina ardió en un globo de fuego, el dolor y la gravedad acabaron por derribarla. Luego, un silencio mortecino.

Sirilo se paseaba por la orilla iluminada por los cangrejos. Sus pupilas en forma de corazón reflejaban un infierno humano que se desplomaba sobre el lejano navío. El mar tarareaba canciones de cuna muertas para un espectáculo que había presenciado demasiadas veces. Miró hacia el este. Unos tentáculos le llamaron la atención. Torika se acercó nadando.

«Mi compañero pastor. Pareces aburrido», dijo.

«Eternamente en esta pesadilla sin fin, ¿cómo no voy a estarlo?».

Los ojos de Torika giraron hacia el barco de luto. «¿No recuerda nada?».

«No. Cuando se levante, el ciclo volverá a empezar».

«Debo admitir que contarle la misma historia una y otra vez es tedioso. No soy el sirviente de nadie».

«Todos somos sirvientes. Eso es lo que hacemos», dijo Sirilo, comiendo restos de su piel mudada.

«¿Por qué está aquí?».

«Un dominó de asesinatos. Traicionó a su mujer, ella lo mató a él y a su amante, luego la novia de su amante la mató a ella y luego a sí misma».

La medusa se rió. «Mi mar se ahoga en corazones rotos. ¿El castigo eterno de Nim es no conseguir el amor de Esiteri? ¿Y el castigo de Kalara es ver a su marido suspirar por la mujer que odia, mientras Esiteri llora eternamente a Nina, a la que perdió y con la que luego se reencuentra, sólo para que Kalara queme su cuerpo, destruyendo la felicidad temporal de su marido y su amante?».

Sirilo asintió.

«¿Y todos ellos no recuerdan nada? Esto es demasiado perfecto».

El semilagarto empezó a retroceder cuando el fuego pronunció su nombre.

«El castigo por la esperanza. Es un tormento delicioso».

Las llamas recién nacidas lo entregaron a la tumba del marino ahora conocido. Se arrastró desnudo, bautizado en la confusión y la melancolía. «¿Dónde estoy?».

Las mujeres embotelladas en cavernas abandonadas entonaron un himno para los perdidos. Nubes con brutales rostros de diablillos le fruncían el ceño. Lloraban embriones abortados que se estrellaban contra sus hombros.

«Hogar», dijo el fuego en la voz de Sirilo.

Una colonia de medusas de ojos infantiles iluminaba la superficie del océano mientras él se vestía con harapos. La red, su instrumento, estaba metida detrás de los huesos de ballena. Violentos retortijones estomacales lo abatieron. Nim se agitó tras un velo de sudor y regurgitó un cangrejo muerto.

«¿Qué es esto?», gimió.

«Un manjar, amigo mío. Aliméntate de ellos y tus sueños se harán realidad, aunque solo sea por un momento». dijo Sirilo, acariciando con la cola un viejo recipiente maltrecho.

«Un día de estos me dirás qué hay dentro».

«¿Acaso importa? Recoger estas latas es la única forma que tienes de verla».

El medio lagarto chasqueó la lengua, un movimiento que apenas registró. Un círculo de vómito manchó su boca. Nimlesh dio un respingo y miró hacia el mar, a la fragata y a la carga pelirroja que guardaba su corazón.

«Pero quiero hablar con ella».

Se puso en cuclillas y rozó con los dedos la hojalata, cuyo contenido prometía esperanzas de reencuentro.

El pastor del Infierno apartó la caja, sus ojos cubiertos de piel brillaban de apatía.

«Imposible. Ella tira, tú recoges. Así ha sido siempre».

Otros Castigos

Redclover

La cocina apestaba a calamares y conservas de frustración. Caratacos estudió su café. Una laguna negra donde a menudo pescaba respuestas. Cubos de corazón de calamar como cebo para los rotos. Soledad y aislamiento. La clave de los sueños y el autodescubrimiento. Principios de los elegidos. Sintió el peso de la mirada de Gyda sobre sus hombros.

«Máel es solo un niño. El aislamiento destruirá su mente».

«Estar solo no tiene nada de malo», dijo Caratacos, pasándose el pulgar por el parche del alma.

«Lo hay si tienes once años. Él no es como tú, marido».

«No es como nadie. Por eso lo condenaron al ostracismo».

Gyda se arrancó los tentáculos con paciencia conquistada. «Los niños le rehúyen por su cicatriz. Le temen».

«Y así deberían hacerlo. Máel está destinado a la grandeza. Debe permanecer fiel a su camino. Sin distracciones».

Cortó el cuerpo del calamar en anillos regordetes. Caratacos bebió de la copa de tinta quietud, su mente volcando pensamientos como cartas de tarot en blanco. Palabras de una madre. Calmantes. Nutritivas. Débiles. Comprendía la influencia corruptora de los demás. Disciplina y repetición. La fórmula de los maestros moribundos.

«Lo presionas demasiado», Gyda dijo.

«Estoy empujando sus sueños a la realidad. Su nombre no será olvidado. Eso te lo prometo».

«Tus sueños, no los suyos».

Caratacos suspiró, la vejación viajando en su aliento.

«Una vida de mediocridad. ¿Es eso lo que quieres para nuestro hijo?».

«Quiero que nuestro hijo sea feliz».

«La felicidad es un mito. Le alimentas con esperanza envenenada».

«Le doy amor».

Hizo una mueca de disgusto. «Lenguaje de los frágiles».

Durante casi dos décadas Gyda compartió su cama. Conveniencia disfrazada de amor marchito. Una promesa corroída. Su lujuria se desvaneció con su juventud. Ahora su cuerpo era un patio de recreo abandonado. Viejo y oxidado. Cambiado por la garra del tiempo. Una vez al mes, ella lo montaba en la más profunda medianoche. Caratacos imaginó a Anah. Su piel cálida como la lluvia de octubre. Salvaje. Magnética. Cabello de fuego ardiendo a la fría luz de la luna.

«¿Qué pasa, esposo?».

Recuerdos dolorosos marcaron su rostro. Caratacos parpadeó alejando los deseos de su improbable regreso.

«Debe entrenarse como su padre y su padre antes que él. El carácter de Máel se forjará en la soledad. Deja de entrometerte, mujer».

Caratacos. El legislador. Obstinado. Justiciero.

«Nuestro hijo necesita amigos. Alguien con quien comunicarse», dijo Gyda.

«Puede hablar con nosotros. Yo lo guiaré. Siempre».

«Hay más en esta vida de lo que has conocido, esposo».

El puño chocó con el roble. Astillas atravesaron su piel. Tormenta de arena furiosa en ojos implacables. Caratacos tembló como un dios de los terremotos.

«¿Qué sabes tú de mis años de angustia?».

«Perdóname».

«Esta vida me fue impuesta, Gyda. No tuve elección. Nuestros padres no se pueden elegir».

Ella inclinó la cabeza. El peso del pecado es más grande que las piedras del atlas.

En la cámara más allá del muro, Máel castigó su cuerpo. Tres batallas. Tendones en tensión absoluta. Tres guerras. Respiraciones violentas como serpientes magmáticas. La última verdad. *Mil días de entrenamiento completan a un principiante. Diez mil días de entrenamiento inician el dominio del arte.* Palabras esqueléticas de padres sin suerte.

«¿Quieres jugar?».

El niño se detuvo.

«Los juguetes están prohibidos en esta casa. No tengo ninguno».

Su lengua pintada de fruta extinta volvió a hablar: «Puedo ser tu juguete».

Anah. El último adorno en su mundo descarnado.

«No puedo jugar contigo. El ojo de Caratacos lo ve todo».

«Soy tu amigo».

«Los amigos están prohibidos», dijo Máel.

Se despojó de la máscara de sombra que ocultaba sus ojos sin edad. Toda una vida de sabiduría ganada con dolor. Se enfrentaron en un círculo roto de polvo. Unos orbes azul hielo recorrían la longitud de su cicatriz.

«El ojo de tu padre está cegado por mi coño. No tengas miedo».

El orgullo le enderezó. «No te tengo miedo. Solo eres una niña».

Anahí se desató la bata y reveló un triángulo hambriento que esclavizaba lenguas, pollas y dedos.

«Soy tu chica y puedes tenerme cuando llegue el momento».

El corazón infantil de Máel bombeó curiosidad en su órgano sexual. Inocencia mancillada por voces de lujuria despierta. Pensamientos rotos por una suave melodía de golpes femeninos, luego crujidos de puertas desajustadas. Anah se desvaneció en el éter. Sólo quedaron huellas granulosas. Gyda entró y se alzó sobre la pirámide de su vida.

«¿Con quién hablas, hijo?».

Máel viró. Puños apretados. Pecho flexionado. La lengua cociendo mentiras.

«Con nadie».

«He oído voces».

«Solo el sonido de mis técnicas de respiración».

Inspeccionó las cuatro esquinas de la cámara. Luego las paredes. Viejas y dañadas. Como ella.

«Está bien hablar solo cuando estás solo. Yo lo hago a veces. Tu padre es un hombre duro. Habla casi siempre con los ojos».

«Yo no hablo sola. No soy tan débil».

«No es una debilidad», dijo ella.

«Las palabras engendran retraso. En la búsqueda de la excelencia, las palabras no tienen cabida».

Gyda abrazó su carne y su sangre. El chico enterró su nariz en un aroma de carnicería marina. Ella rastrilló rizos de cabello dorado oscuro con uñas rotas.

«Sé lo que te atormenta, pero el martillo de la diligencia golpeará tu soledad. Persevera, hijo mío».

Máel se despellejó la cara. La cicatriz tallada por la lanza de

Caratacos aún ardía brillante. Un recordatorio de la confianza mal depositada.

«Sí, madre».

«*Debes* triunfar donde tu padre ha fracasado, ¿me oyes?».

«Lo tendré».

«Naciste de las cenizas de sus errores. Un híbrido solitario de destrucción. Ahora levántate, hijo mío. Déjame verte».

Las paredes tamborileaban. Las urnas llenas de arena bailaban al ritmo del destino. Máel imaginó a su futuro amante, Caos. Las palabras de la madre preñadas de orgullo. Calmantes. Nutritivas. Débiles. Caratacos le advirtió sobre las palabras deformes de los parientes tontos. *En la cueva helada, te quedas solo.*

―――

El ojo de Caratacos vigilaba sus sueños. Un caleidoscopio de niños masacrados. Huesos débiles marinados en orina, barro y humo negro. Gritos de guerra de halcones ávidos de sangre desencadenaban una tormenta de tridentes. Pequeños cuerpos doblados en ángulos extraños pero hipnóticos. En medio del caos, Máel. Borracho de muerte y ahora bautizado por lágrimas de madres histéricas. Las novias del viento cantaban su nombre. *Máel. Máel. Máel.*

«Despierta».

La ropa de cama se le pegó a la espalda. Máel tragó aire viciado y penumbra. Histeria y desorden. Uno al lado del otro. Se burlaban de él.

«¿Por qué estás aquí?».

Anah habló con besos de otro mundo. Confort transportado por su lengua.

«Basta. Mi entrenamiento continúa al amanecer. Debo soñar».

«Y yo soy la puerta de tus sueños, niño tonto».

«Nos castigará», dijo Máel.

«No. Te castigará a *ti*».

«¿Pero puedes protegerme?».

Un sable de tranquilidad atravesó las sombras de su boca. Anah vagaba por el interior de su mente-castillo como un fantasma roto.

«No necesitas mi protección. Tus sueños son indestructibles».

Máel no dijo nada. *Debes triunfar donde tu padre ha fracasado, ¿me oyes? La fe mal entendida de las madres corrientes.*

«No quiero despertar».

«Temes la prueba. El fracaso te asusta», Anah dijo.

«Dudo de mí misma. La duda es hermana del miedo».

Anah adoptó su lágrima huérfana con un beso solitario.

«Corazones. Vivos. Dilo».

Máel hizo una pausa. «¿Lo prometes?».

«Sí».

Sus ojos brillaban como olas iluminadas por la luna, ahogando palabras sagradas bajo su lengua.

«No puedo...».

«Confía en mí. Estamos unidos por el destino. Dilo».

El dulce zumo de mango de su lengua era un antídoto contra la razón envenenada. Máel hurgó en sus pensamientos.

«La cueva es como un rompecabezas de mil piezas con novecientas noventa y nueve piezas ocultas. No sé lo que me espera dentro. Alguien. *Algo*. El juicio arruinó la vida de mi padre. ¿Y si comparto su debilidad?».

Se despegó una uña del dedo meñique y se arrancó un mechón de pelo teñido de fuego.

«¿Qué estás haciendo?».

«Has nacido de la semilla venenosa de Caratacos, pero mi esencia te protegerá del legado de oscuridad que todo lo consume».

Anah formó un lazo y ató la uña. Manos de días no vividos le apretaron las sienes. Máel resopló. El clavo se convirtió en su padre. Su pelo se convirtió en un lazo de magma. La carne chamuscada floreció entre sus dientes. Caratacos ardía vivo en el ojo de su mente.

«Vence a tus enemigos. Come».

Máel tragó su regalo. Sabía a polvo de huesos patriarcales.

«¿Sobreviviré?».

La tristeza eclipsó su pálida media sonrisa.

«En la cueva helada, estás solo. Elige sabiamente».

«¿Y si no sobrevivo?».

Sus dedos se entrelazaron.

«Enfréntate a la prueba. Entonces verás».

«No me hagas despertar».

Anah insufló semillas de convicción en su alma estéril.

«Corazones. Vivos», dijo.

———

Bajo pieles de manta rayas, Caratacos saludó al sol. En las ruinas de promesas circuncidadas, soñó.

«Estoy listo, padre».

Caratacos giró. El rostro cicatrizado de la redención le cegó.

«Máel. Comienza tu viaje. ¿Puedes conquistar el susurro de la serpiente?».

«Sí, padre».

«Y la costa del mineral. ¿Sabes dónde se encuentra?».

El último hijo de Caratacos asintió. *Más allá del obelisco caído y la manada de escamas.*

«Bien. Arrástrate por dunas de arena doliente durante tres días y aléjate de las olas crucificadas. Nunca duermas dentro de su boca».

Palabras baratas y significados crípticos.

«Sí, padre».

Sus ojos se batieron en duelo. Orgullo contra vergüenza. Caratacos sintió la contusión en su corazón.

«No me falles, hijo mío. Escucha los cantos moribundos de los meteoros caídos, pero cuando llegue el momento, protege tu compasión».

El rostro de Máel era una dinastía de emociones abortadas. Una nube pintada de *trigold* ingería el sol de abajo. Los peñascos lamían acantilados lejanos.

«Lo haré, padre».

La mochila le desequilibró los hombros. Gyda racionó provisiones para setenta y dos horas. Tal vez suficiente para un solo viaje.

«Ve ahora», dijo Caratacos.

Las sombras blancas no pronunciaron palabra de su regreso.

———

La carne de calamar alimentaba su estómago, pero Anah alimentaba su corazón. Recordó sus ojos. Cómo cantaban himnos lujuriosos bajo el cielo desnudo. Las pulgas de arena le lamieron la piel. Máel se retorcía como un gusano humano bajo el cristal ardiente. *Las olas. Arden. No puedo*. Un abismo de espinas dorsales caducas reservaba su nombre. Máel se moría. Cuerpo fuerte operado por voluntad débil. La gloria, ahogada. Promesas, olvidadas. En un lecho marino carmesí, lo crucificaron. El aliento de Anah viajó en tristes nubes.

Sus brazos de seda de araña detuvieron su caída del ojo de Caratacos.

«Mírame».

La voz de un ángel herido. Bajo el puente del alma, ella ofreció su pecho. Máel gimió e inclinó la cabeza, con los labios ávidos pegados a un pródigo pezón rosado.

«Detente».

Hizo una pausa. El rostro pecoso de Anah brilló con una luz de mil asteroides. El tiempo reestructuró sus huesos. Ahora era una mujer.

«¿Eres realmente tú?».

Anah le besó detrás de un velo de pelo de fuego y él volvió a saborear los mangos. Cuando sus bocas se separaron, vislumbró la escala de su lengua bien recorrida.

«¿Cuánto tiempo?», dijo él.

«Noches. Días. Siglos».

Un corazón enjaulado susurró palabras dolorosas. Ella extendió la mano. Las yemas de sus dedos bailaron juntas al son de una melodía de deseo salvaje. Máel luchó por desbloquear sus recuerdos. *Hydropain. Ella me rescató de la ira de las olas crucificadas.* La realidad le arañó.

«He fracasado. Se acabó».

Anahí bostezó y la cautela tensó su cuerpo. Un refugio de un mundo malo. La tentación, desatada. Nunca dormir dentro de su boca. Padres sin voz. Embaucadores.

«No. Está empezando», dijo ella.

Máel se arrodilló en la caverna de hielo. En el espejo del glaciar, su rostro dormía. Ahora era un hombre. Regio. Caratacos redefinido. Esperaba en el altar construido con huesos de amantes pasados. Tinta exótica fluía bajo su piel.

En la cueva helada, estás solo. El camino del necio. Anah separó las piernas.

«Dije que podías tenerme cuando llegara el momento. Bebe».

Ella acercó su boca a su fuente caliente. El sabor de la orina y fluidos sin nombre. Entrenado como su padre y su padre antes que él. Ojos azules tentadores. Salvajes. Magnética. Curvas impecables y carisma intenso. Piel cálida como la lluvia de octubre. Un riachuelo salaz fluía entre padre e hijo. Deseo prestado, debilidad heredada.

«Juega conmigo», dijo ella.

Los dedos del arpa se intercambiaron con su lengua. Latidos

erráticos y gemidos bestiales. Máel sondeó dentro de sus paredes de azúcar.

«La lanza de Caratacos. Déjame ver».

Se desvistió. Sus dedos palmeados aún estaban manchados de su amor.

«Corazones. Vivos. Dilo».

Anah lo montó en la más profunda medianoche.

«Corazones. Vivos».

———

En la cámara más allá de la pared, se despertó. Una garra como la de un gorrión mutiló su lanza. Máel jadeó, exhausto.

«Tan fácilmente manipulable», dijo la deformidad llamada Anah, «podías resistirlo todo menos la tentación».

Cola de púas ató su cuerpo, ojos ardientes. Palabras de un padre. Calmantes. Nutritivo. Débil.

«Déjame en paz, demonio. Debo prepararme para la prueba».

La carcajada de Anah congeló su corazón. Él sabía lo que ella estaba a punto de decir.

Susurro Tierno En Una Lengua Carmesí

«Las sombras sangran», yo digo.

Tu corazón alberga lástima: un orfanato para el amor no deseado. Miras a Maddie lamer mi piel. Un ritual de vieja sabiduría. Su beso provoca dolor y casi protestas. La sangre heredada surge de una herida reabierta. Del color de un vulgar pintalabios.

«Cortaste demasiado profundo».

Maddie y yo conocemos la verdadera intimidad. Ella es un tierno susurro en una lengua carmesí. La invito a profundizar. Su expresión cambia a una pena preñada.

«Leon, por favor».

Mis ojos se detienen en tu tatuaje que se desvanece. El contorno negro y gris de un corazón atravesado por un doloroso puñal. Me pregunto quién apuñaló tu corazón y cuántos corazones habrás apuñalado a cambio.

«Déjame enriquecer ese color», remuevo mis dedos en una paleta de piel y sangre, «déjame insuflar vida a tu pálido corazón».

Te apartas de mí. Como si fuera una piraña en un río de

mortinatos. Tu intensa mirada cae sobre Maddie. Ella te devuelve la mirada.

«Suelta la navaja, Leon».

Crees que me conoces, pero me niego a traicionar a Maddie. Su toque de plata me hace sentir vivo. Una relación compleja construida sobre cimientos de muda discreción y agudo consuelo.

«Estamos aquí por la misma razón. No moriré, no te preocupes».

Te arrodillas a mi lado. Gotas de lágrimas cayendo como civilizaciones antiguas. Adoro la pequeñez de tus pies. Delicados y blanco pastel.

«Para. Piensa en Freya. Ella no se beneficiará de tu muerte si cortas demasiado profundo».

Tus palabras no me conmueven. Solo el lenguaje de tus ojos. Afecto galvánico arremolinándose en una ola de azul castigador. Acaricio tu rostro pecoso y tu pelo brilla como brasas moribundas. Remolinos de sangre caen en paracaídas sobre la tierra fría como una tumba.

«Las sombras sangran», lo repito.

———

La habitación huele a pergamino quemado y a vidas desperdiciadas. Hay dos camas, pero estoy solo. Casi. Maddie duerme en mi bolsillo. Se despierta y me castiga por lo que perdí. Por lo que soy. Dientes fríos se burlan de runas entintadas alrededor de mi muñeca. Una tensión insoportable late debajo. Maddie muerde. Alivio envuelto en sangre oscura, floreciendo juntos. Entras en mi mundo manchado de ceniza en la cuarta noche. Tu cara es un cuadro de desconcierto. Como si compartieras jaula con un animal destrozado. Contemplas la posibilidad de dar media vuelta.

«Quédate», le digo.

Maddie enseña los dientes, aún teñidos de mis sangrantes remordimientos.

«¿Por qué te cortas?».

Su voz es entrecortada. El alcohol canta en sus venas. Sello la herida con un esparadrapo barato.

«Estoy alimentando sombras».

Señalo con el dedo la cama intacta. Pesada. De uso militar.

«¿Cómo te llamas?», preguntas, hundiéndote frente a mí.

«Leon».

El silencio trunca mis labios. Esperas, preguntándote por qué no lo he preguntado. La verdad es que tu nombre no tiene sentido. Estoy aquí para morir.

«¿Cuánto tiempo llevas en este lugar?».

«Cuatro días», yo digo.

«¿Y cuánto tiempo se tarda?».

Culpo al alcohol de embotarte la mente. Mi cara es un festival de tristeza.

«Todavía estoy aquí. No lo sé».

«Eso es una locura. ¿No hay consssistencia entonces?».

Tu ceceo se delata con palabras mal elegidas. Sonrío y te ruborizas como una bailarina torpe.

«Mi lengua es demasiado grande para mi boca».

«De acuerdo».

Finjo indiferencia, pero la adoración me engancha el corazón.

«Necesito una copa», dices.

Tu gran lengua se burla detrás de unos dientes fluorescentes, provocándome. Atravieso la habitación con zapatillas hechas de sombras frías. El armario está bien surtido.

«¿Qué quieres?».

Rebuscas en una mochila sin marca. Las capas de oscuro carisma se ven reforzadas por la pequeña cicatriz horizontal en la comisura de tu ojo izquierdo.

«Algo que me emborrache».

Asiento y cojo una botella de absenta de un país cuyo

nombre no recuerdo. Siento tus ojos clavados en mí. Maddie, aguda y astuta. No leo la etiqueta.

«Prueba este fuego del infierno». Digo, sirviéndote dos dedos.

«Gracias».

Miro tus labios, coloreados como la morganita. Dan la bienvenida al alcohol con loca urgencia. Un trago voraz y sonríes al fondo turbio.

«Mmm, diabólicamente bueno».

Levantas la copa para rellenarla, pero tus ojos me beben a mí. Siento que me desnudas el alma. El sonido de la absenta te distrae.

«Emborráchate conmigo, Leon. Puede que mañana estemos muertos».

Tragas licor como Maddie traga sangre.

«¿Tu salvador tiene nombre?» le digo.

«¿Qué quieres decir?».

Me siento bajo tus pies en medio loto como un discípulo enfermo de amor.

«Maddie es mi hoja de afeitar. Se bebe mi dolor. ¿Cómo llamas a tu salvador?».

«Capitán Morgan. Compartimos muchos viajes juntos».

Me saludas, luego el hada verde desaparece por esa boca sensual que tanto deseo saborear.

«¿Cuánto tiempo llevas cortándote?», dices.

No tiene sentido ocultar la verdad. Nunca saldrá de esta base. Estallaremos en el cielo negro y sólo las estrellas cantarán en nuestro funeral.

«Yo era un tótem humano en mi pueblo».

«¿Qué quieres decir?».

Repites esas cuatro palabras más que cualquier otra combinación.

«Los viejos borrachos creían que, si grababan ciertos

símbolos en mi piel, la puerta se abriría. Bueno, creían que yo me abriría».

Dejo caer mi mirada sobre tus hombros de niña, luego sobre tus pantalones de tartán y tus Doc Martens, y vuelvo a esa sonrisa traviesa. Tu energía me atrae al instante. Me encanta.

«¿La puerta a qué?».

«A algo...».

Un soldado irrumpe. No sé su nombre ni su rango. Es alto, desarmado y ordinario. Su rostro está manchado de autoridad y algo parecido a la gratitud.

«Buenas tardes. Ya es la hora. Gracias una vez más por ayudarnos a estudiar qué les ocurre exactamente a las víctimas de las bombas. Estamos haciendo valiosos progresos aquí, gracias a gente como usted».

———

Tú y yo saludamos juntos al sol oscuro, de la mano. Veo dos sillas de bomba en un cementerio de cuerpos perdidos. Cierro los ojos e imagino cuando nos detonan. Una lluvia despiadada de miembros. Si nos hubiéramos conocido en otras circunstancias. En otra vida, sé que podría amarte.

Micropoemas

Un camaleón vestido
con tus pestañas
dio a luz una
estrella roja

———

alientos
pálidos cantando
a
un ancla
que
se hundió
como martirizadas
hijas

———

ella escribió
cicatrices
vestidas de rubí
en el
pergamino
roto
de
su piel

―――

Una medusa despreciada
y flotando
en lágrimas ocultas
debajo de
amantes
lamentando perdidas
como él hizo

―――

Piedra roja
rozando
la superficie
oxidada de
mi alma

―――

Niebla de huérfanos
perdidos
veló sus
abandonados
ojos

———

Ella era un corazón
percibido en
el
perfume
de
lágrimas de cisne

———

La lengua de Leviatán
ensartada
por una costilla
rota,
sus ojos
como escamas mojadas
en un mar de
eternidad

———

Emociones revueltas
en un iris azul
cambiante
desvaneciéndose
fantasmas de ti

———

Un cuervo febril
y juramentos tácitos
solitarios
noches
un vórtice de delirantes
recuerdos

———

dormí sobre una balsa de serpientes
ecos de palabras obstinadas
que me separaban
de las cálidas aguas azules
de tus ojos
mi refugio

———

Tus labios
coloreados como
morganita
dando la bienvenida al alcohol
con
loca urgencia

———

Gotas de lluvia
golpean contra
mi fría ventana
suplicando

———

Lágrimas pálidas
y rotas
fibras sensibles cuando
cantaba

———

Besos de esquimal
en un
brillo de
porcelana

———

Como una tribu canalla
de piedras teñidas de fuego
rodó por
mi corazón

———

sus ojos
emborronados de seducción
y
enigmática
azul

———

dioses de escarcha
perversiones susurradas
descongelados
por
tiempo

———

el sol dormido
bajo
sus pies
soñaba con
lluvia

———

estrellas de fuego nacidas muertas
ardían
como coléricos
pecadores

———

letra de muerte violenta
pintadas de escarlata
letras en
el cielo
de la
medianoche

Sumergirse en la decadencia

ENSAYO SOBRE "EL CASTIGO POR LA ESPERANZA"
POR MIKE ARNZEN

PREPÁRATE. ESTA NO ES UNA HISTORIA NORMAL.
Lo cual no quiere decir que sea "anormal", aunque la sombría y gráfica sexualidad de este relato lo sitúa definitivamente en el otro lado de la norma.

Y aunque es definitivamente "paranormal", con toda su descripción de demonios y pastores en un infierno oceánico, hay algo más que lo convierte en algo más que otra enfermiza historia erótica/gótica/ 'Qué locura' de Erik Hofstatter.

No, la palabra que me viene a la mente es "lírico". Que, por desgracia, ya no es lo que "normalmente" se encuentra en la cultura literaria actual en absoluto.

"El castigo por la esperanza" se preocupa sobre todo de utilizar la musicalidad del lenguaje para hacerte sentir algo. En otras palabras, el estilo es poético, algo refrescante de leer en un mundo tan centrado en las novelas y en la prosa común y fácilmente digerible. Hofstatter maneja el verbo con destreza, manteniendo sus frases tensas y directas. A veces pican. A veces se asientan. A veces te absorben. A veces se elevan.

"El castigo por la esperanza" fluye y refluye en su imaginería oceánica, dándote una muestra de algo que podrías desear antes de agitarse en el gore o lo grotesco y luego retirarse de nuevo a sus propias profundidades extrañas como una especie de marea de sangre espumosa. Y como el vasto océano, la historia que teje es a la vez visceral, lustrosa y literalmente insondable. Es probable que se sienta cautivado al verse arrastrado por su dolorosa y lasciva resaca, pero también algo confuso porque lo que se le ofrece aquí es el efecto sin la causa, mientras que la mayoría de las historias narrativas le llevan paso a paso de la causa al efecto una y otra vez.

Puede que incluso le frustre. Pero no pasa nada, porque ésta es una historia sobre la frustración. Y prepárate, porque Hofstatter va a desafiarte a muchos niveles. La poesía del estilo de Hofstatter evoca las imágenes en tu mente tanto como las palabras cuidadosamente elegidas, evocando primero la emoción. La lógica que subyace a lo que se está experimentando, y que sólo se vislumbra en el clímax del relato, es un efecto secundario que, de otro modo, sería reductor si dominara la historia.

Algunas páginas de este libro estarán llenas de espacios en blanco, con una serie de breves párrafos de una sola frase que se leen literalmente como líneas de poesía, y que transmiten el diálogo profundo como las olas de una playa. Tienes que sumergirte en él, por espantoso que sea, y dejar que la sensación te invada, ola tras ola. Algunas de esas olas te producirán escalofríos. Otras le harán sentir náuseas o le darán ganas de apartarse, preguntándose en qué clase de aguas se está sumergiendo y si esas olas le harán naufragar. Disfrútelo. Si se adentra lo suficiente en la historia, descubrirá que estará totalmente sumergido.

Además del estilo poético y el tono morbosamente romántico, el libro remite a sus antepasados literarios, que también son poetas. En última instancia, pertenece al legado de la literatura "decadente", lo que significa que se hace eco de la escritura de los libertinos literarios del siglo XIX, autores como Baudelaire, que estaban interesados en renunciar al realismo y ser juguetonamente extravagantes con su lenguaje con el fin de explorar la libertad del deseo y dar crédito a las pasiones que de otro modo son censuradas o frenadas por las formas realistas de representación. Pero más allá de eso, también se pueden detectar referencias al "Infierno" de Dante en la forma en que Nim es conducido a través de este mundo de tormento por el pastor del Infierno. O se podría pensar en "*Rime of the Ancient Mariner*" de Coleridge en las alusiones a los albatros y el agua, la esperanza y la memoria y la pérdida. Son predecesores poéticos y líricos, mezclados con obscenidades modernas. La narrativa de terror de Hofstatter no se inspira en King o McCammon, ni siquiera en Poe, aunque tiene toques de estos últimos en su naturaleza lírica, del mismo modo que Clive Barker, que ahonda en los tabúes del deseo. Solo que aquí la escritura es más lírica que en la obra de Clive Barker. Es una pesadilla cruda, en forma poética.

Como ya he dicho, se trata más de evocar emociones que de apoyarse en la lógica de nada, porque la historia, el origen del destino de Nim, no es más que una mera explicación que, en última instancia, no puede explicar adecuadamente nada en absoluto. "El castigo por la esperanza" al que se refiere el título es, en realidad, otro nombre para el "amor no correspondido", que es una especie de trampa romántica y un cliché de la literatura poética, pero aquí se enmarca como una especie de infierno sin sentido, un infierno que las palabras no pueden contener ni hacer justicia, un infierno en el que el protagonista está atrapado y no puede comprender del todo.

Pero las emociones pueden conseguir al menos que el lector se identifique a un nivel profundo. Aquí se nos invita a vernos experimentando el anhelo emocional del protagonista, aunque algunos de sus recuerdos sean despreciables, aunque, como descubrimos al final, sea responsable de mucho de lo que le hace sufrir, y con razón. Está atormentado por su propio pecado, impulsado tanto por una oscura lujuria como por el amor. Tiene lo que se merece. Lo cual, aviso alerta de spoiler, no es más que una pesadilla.

Dado el clima de la escena literaria actual, sé que algunos lectores encontrarán la obscenidad en esta historia como algo excesivamente masculino, o que el autor está "yendo a lo asqueroso" de una manera explotadora o irredenta; y aunque todo buen horror debería repugnarnos un poco, tal respuesta le haría un flaco favor a esta historia corta. A lo largo de mi vida he leído suficiente literatura "*edge*", "*avant punk*" y de terror bizarro como para reconocer que se trata de una alegoría moral del dolor existencial, que bebe de la tradición de la literatura decadente que lleva más de cien años explorando los tabúes sociales y el deseo del animal humano, y espero que los lectores de Hofstatter también lo hagan.

Si no, hay poca esperanza para ellos, y la banalidad será su castigo eterno.

Una sirena oceánica nos llama. Quítese los zapatos. Es hora de darse un chapuzón...

-- Michael Arnzen, Pittsburgh, 2020

Querido lector:

Esperamos que hayas disfrutado de la lectura de "El castigo por la esperanza". Por favor, tómate un momento para dejar una reseña, aunque sea breve. Tu opinión es importante para nosotros.

Saludos afectuosos,

Erik Hofstatter y el equipo de Next Chapter

El castigo por la esperanza
ISBN: 978-4-82417-213-6

Publicado por
Next Chapter
2-5-6 SANNO
SANNO BRIDGE
143-0023 Ota-Ku, Tokyo
+818035793528

17 marzo 2023

www.ingramcontent.com/pod-product-compliance
Lightning Source LLC
LaVergne TN
LVHW090038080526
838202LV00046B/3872